图说中国铁路史话

# 图说晚清铁路

TUSHUOWANQINGTIELU

纪丽君　亢　宾　编著

中国铁道出版社
CHINA RAILWAY PUBLISHING HOUSE

**图书在版编目（CIP）数据**

图说晚清铁路/纪丽君，亢宾编著．—北京：中国铁道出版社，2011.10
（图说中国铁路史话）
ISBN 978-7-113-13553-9

Ⅰ．①图… Ⅱ．①纪…②亢… Ⅲ．①铁路运输—交通运输史—中国—清后期—图集
Ⅳ．①F532.9-64

中国版本图书馆 CIP 数据核字（2011）第 196260 号

| | | |
|---|---|---|
| 书　　名： | 图说中国铁路史话 | |
| | **图说晚清铁路** | |
| 作　　者： | 纪丽君　亢　宾 | |

策划编辑：许士杰
责任编辑：许士杰　　　编辑部电话：(010) 51873204　　　电子信箱：syxu99@163.com
版式设计：纪　潇
责任印制：陆　宁

出版发行：中国铁道出版社（100054，北京市西城区右安门西街 8 号）
网　　址：http://www.tdpress.com
印　　刷：中国铁道出版社印刷厂
版　　本：2011 年 10 月第 1 版　　2011 年 10 月第 1 次印刷
开　　本：720 mm×1 000 mm　1/16　印张：7.5　字数：87 千
印　　数：1～3 000 册
书　　号：ISBN 978-7-113-13553-9
定　　价：25.00 元

# 前言

　　中国铁路肇始于清朝末期，而清朝末期（1840～1911）又历经道光、咸丰、同治、光绪、宣统五朝帝王统治时期。如果以1876年作为中国铁路的发端之年，那么中国铁路在清朝末期仅历经光绪和宣统两朝共计35年。这一时期正值中国社会处于半封建、半殖民地的没落屈辱时代，外国侵略势力觊觎中国铁路权益，清政府又将铁路视为异端邪说，可以想象，在这样的历史背景下，倡导在中国修建铁路是何等的艰难。

　　本书侧重介绍中国铁路肇始阶段的部分重要史实、铁路初创时期修建的主要线路和相关人物。书中以图文并茂的形式，将清末筹划修建铁路、外国势力攫取中国路权、清末铁路对当时社会的影响等方面，以及当时清政府对待铁路的态度从"拒办"、"筹办"、"试办"到"毅然兴办"的变化过程等内容，呈现在读者面前。

　　铁路在中国的出现，虽比西方发达国家晚了半个多世纪，但这一象征人类社会文明进步的车轮，最终还是驶进了中国辽阔的土地。清末中国铁路历经磨难，艰辛曲折，但终于蹒跚起步，毕竟翻开了中国铁路历史篇章的第一页。

　　鉴古知今，通过本书，读者可以对中国清末铁路的概貌有一个大致的了解。书中以大量的历史照片和相关文字，向读者展示了清末铁路35年的发展历程。

# 目录

1

世界铁路的发端

1825年英国建成世界上第一条营业性铁路斯托克顿—达灵顿铁路。

1804年英国工程师理查德·特雷维西克设计制造的世界第一台实用型轮轨蒸汽机车。

1825年，英国人乔治·史蒂芬森主持修筑了世界上第一条铁路（斯托克顿—达灵顿）。这是被称为世界铁路之父的乔治·史蒂芬森和罗伯特·史蒂芬森父子。

1829年由史蒂芬森父子设计制造的轮式0—2—2的"火箭号"机车。这台机车首次采用了25根烟管卧式锅炉。

世界上最早的带有导轮转向架的机车

1830年美国第一条铁路建成，这是美国早期的
2—2—0轴列式蒸汽机车。

1832年法国第一条铁路建成。这是1898
年法国铁路使用的最快列车，机车上装有
降低风阻力的面板。

1837年俄国第一条铁路建成。这是横贯
西伯利亚铁路上的2—3—0轴式机车，特
点是在机车外面的行走通道上装设护栏，
确保乘务员安全。

1835年德国第一条铁路建成。这是德国早
期的2—3—2轴式蒸汽机车。

# 中国最早提出修建铁路的人

　　在近代中国，首先提出修建铁路的是太平天国的干王洪仁玕，他在1859年撰写的《资政新篇》中提出一套统筹全局的革新方案，主张发展交通运输业，修筑道路，制造火车轮船等，并勾画出发展近代铁路、公路交通的蓝图。他建议："先于二十一省，通二十一条大路，以为全国之脉络"，这样一来，"虽三四千里之遥，亦可朝发夕至"。洪仁玕在《资政新篇》中提出："兴车马之利，以利便轻捷为妙。倘有能造如外邦火轮车，一日夜能行七八千里者，准自专其利，限满准他人仿造。"他的这些主张和建议，比起后来改良派、洋务派等陆续提出的发展民族工商业的主张，不仅早了二三十年，而且也更为全面和彻底。

太平天国己未九年印行的
《资政新篇》刻印本

台联国风出版社印行的
《资政新篇》影印本

《海国图志》内插图

《海国图志》刊印社及年代

## "师夷长技以制夷"

被后人称为"睁开眼看世界"第一人的林则徐，在其组织幕僚编纂《四洲志》之后，又有其好友魏源受林氏所嘱托，以《四洲志》为蓝本，在增加补充更多内容后，于1841（清道光二十一年）编纂成50卷的《海国图志》。并在成书后10年间，将该书增补到近百卷。他在书中阐述有关世界各国的情况，唤起国人学习外国的长技，兴利除弊，增强国力，抵抗外来侵略，师夷长技以制夷。该书既反映了西洋的"坚船利炮"，又介绍了欧洲国家的商业、铁路交通、学校等情况。通过《海国图志》使中国人跨出"国界"，认识近代世界的新鲜事物。

《海国图志》封面

# 前所未有的 "视界"

　　从1844年至1848年，清末地理学家徐继畬用五年时间完成了《瀛寰志略》的编纂。他在书中全面介绍了世界各国的地理沿革、政情民俗、经济状况，记载了西方的科学技术和外国修建铁路的情况，并断言铁路的出现将对世界产生巨大的影响。这本著作对近代以来中国人的思想开放和正确认识世界，正确认识中国产生了重要影响。

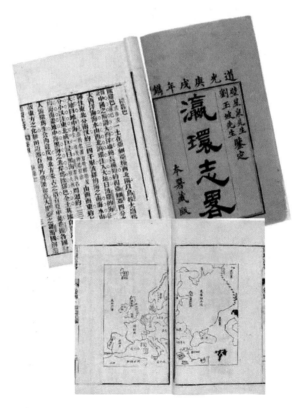

《瀛寰志略》

## "西学东渐"第一人

　　中国近代史上第一个留美学生——容闳，毕业回国后，他带回一个"以西方之学术，灌输于中国，使中国日趋于文明之境"的强国梦想。他大胆向曾国藩提出"留学教育计划"，获得赞同后，立即与李鸿章一起上奏清政府，得到批准。1872~1881年间，在中国开启了第一次公派赴美留学计划，120名幼童分四批赴美留学，第一次让国人得以平视西方教育，受其教益。经过近20年的努力，容闳的理想逐渐变成了现实。鉴于容闳对中国留学教育和中美交流的贡献，他的肖像于2000年5月5日进入了美国著名的耶鲁大学的名人堂，和毕业于该校的政界名人布什、克林顿等一起接受师生们的瞻仰。

清末著名教育活动家容闳

清末留学幼童合影

容闳与部分成年后的留美幼童合影

## 短命的广告小铁路

1865年一条仅长1华里的小铁路出现在北京宣武门外，这条沿着城墙和护城河之间"官荒地"修建的小铁路，实际上是英国商人杜兰德偷偷建造的，其目的是希望清朝官员能够认识铁路和向百姓展示铁路的便利，借以打开中国市场。在小火车试行期间，伴随着火车的轰鸣和汽笛的鸣叫声，前来观赏的京城百姓心里充满了恐惧和惊诧，将其视之为"怪物"，喧哗若狂，使维护京城治安的步兵衙门大惊失色，以担心引起骚乱为由把小铁路拆除了。这条铁路的命运与它1华里的长度一样短，没有达到预期目的，成为铁路史上一大笑谈。

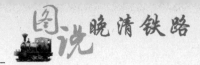

## "寻常马路"的命运

　　当中国大地出现的第一条由英国怡和洋行采取欺骗手段擅自修建的营业性窄轨铁路——吴淞铁路时，轰动了整个上海滩。这条在当时被称作"寻常马路"的铁路，自苏州河北岸的上海站起向北，折而东行，经老靶子场，北过天通庵至江湾，再向北，经张华浜，到蕴藻浜南岸的吴淞，全长14.530公里。1876年1月8日开工，施工时工人曾多达2000余人，由于吴淞和上海之间地势平坦，工程进展顺利，1876年7月3日，该路正式运营。列车每日往返6次，运行速度每小时24公里。在运营通车这段时间里，共运送旅客16万人次，而当时的票价也非常昂贵，上等座收大洋半元，中等座收大洋二角五分，下等座收制钱120文。这条铁路在通车后不久因火车在江湾镇北轧死一名行人，经交涉后，清政府以28.5万两白银将它赎回拆除了，拆下的钢轨、器材等去向不明。

1876年2月修建吴淞铁路的设备抵达吴淞口

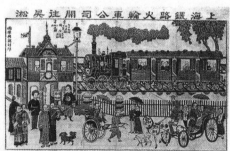

上海铁路火轮车公司介绍吴淞铁路的宣传画，画中还标有火车开行时刻

吴淞铁路通车

6名吴淞铁路员工抬着"先导号"机车与英国司机合影

## "小机车"发挥大作用

这台名为"先导号"的机车是1874年英国Romdomgong工厂为吴淞铁路制造的。它体积小、重量轻，仅1.32吨，有2根动轮轴，车轴排列为0—2—0式，时速24~32公里。这台由英方偷运来的小机车，在吴淞铁路铺轨已达3/4英里时，由6名工人抬着"先导号"蒸汽机车上线并开始行驶，用来运输施工材料，在施工中发挥出了较大作用，它是中国铁路第一次正式行驶的蒸汽机车。

"先导号"机车

紫光阁铁路示意图

# 皇城铁路上的"奇观"

1878年，一条让从未见过火车的慈禧太后、光绪皇帝、王公大臣们大开眼界的皇城铁路建成了。该路全长约3华里，又叫西苑小铁路。这是李鸿章同英国商人谈判议妥后专为慈禧太后、光绪皇帝等往返于仪鸾殿和镜清斋之间用膳、憩息、观赏风景而修建的窄轨轻便铁路，南起中南海紫光阁，穿过福华门，进入北海的阳泽门，沿北海西岸至小西天，折而东行，一直到达终点站镜清斋，并在静清斋门前建有小型的火车站站廊。修路的全部费用由法商赞助并提供一台蒸汽机车和六节火车车厢。其中上等极好车一辆、上等座车二辆、中等座车二辆、行李车一辆。由于慈禧太后讨厌火车的轰鸣声，所以这条宫廷专列不用火车头牵引，而是由太监们用绳索拉着在轨道上滑行，堪称世界铁路史上的一大"奇观"。

# 最早来华修铁路的外国工程师

克劳德·威廉·金达（Claude William Kinder）是最早来中国从事铁路设计和修建的英国人。1878年，开平矿务局设立时，金达被聘为总工程师，负责具体的技术指导工作，后主持唐胥铁路的修建。1891年金达受李鸿章聘请，出任北洋官铁路局总工程师，为中国的铁路建设做了不少有益的工作。

金达在修建铁路桥工地

"中国火箭号"机车和金达先生

唐胥铁路为我国自建的第一条铁路，自唐山乔家屯矿井起，向西南行至胥各庄，并与芦台至胥各庄的运河衔接，全长9.7公里，其修建颇费周折。在建造之际，正是顽固派坚决反对中国自己修筑铁路之时，身为开平矿务局总办的唐廷枢（字景星）不顾风险，力倡筑路，对唐胥铁路的修建起了十分重要的作用。在得到清政府允准后，这条以"快车马路"的名义而修建的铁路终于开工了，唐廷枢委任英国籍工程师金达负责具体勘测和筹划，在铁路修建过程中，唐廷枢与金达在轨距问题上发生了争执，唐廷枢考虑到资金问题主张修建成窄轨铁路，而金达则力主按英国标准轨距来修筑，最后唐廷枢同意了金达的意见，从而确定了中国铁路的标准轨距。

中国自建的第一条铁路

唐廷枢

1888年建成的唐胥铁路开平站及其使用的蒸汽机车

1881年唐胥铁路建成时使用骡马牵引矿车

## 荒唐的"马车铁道"

　　为了煤炭运输的需要，开平矿务局再次请修唐山至胥各庄的矿山铁路，并特别声明，铁路建成后，为避免震动皇陵和火车喷出的黑烟会毁坏庄稼（事实上清东陵远在唐山以北遵化县，离唐胥铁路有近百公里，而且火车冒出的黑烟也不会损害庄稼），改用骡马拖拉。于是出现了运输煤炭的矿车由骡马拉拽在铁轨上行驶的可笑之举。骡马一度堂而皇之地行驶在唐胥铁路上，"马车铁道"和"快车马路"的雅号由此而来。

## "龙号"机车的诞生

　　随着开平煤矿产量大增，煤炭运输成了很棘手的问题。于是，1881年英国工程师金达设计和指导制造了一台蒸汽机车。英籍工程师薄内的妻子，仿照斯蒂芬森"火箭号"机车，给机车取名为"Rocket of China"，意思是"中国火箭"号。这台机车设计较规范、制作较精细，机身全长5.69米，只有三对动轮而没有导轮和从轮，牵引能力为100吨，时速30公里。参与组装的中国工人希望这台机车的名字有中国的味道，便在机车水柜两侧各镶嵌了一条龙饰，称它为"龙号"机车。

唐胥铁路使用的"中国火箭号"机车，该机车又称"龙号"机车

## 总理海军事务衙门

　　清政府总理海军事务衙门于1885年10月
设立，曾作为清末中国海军事务的管理机构。
1886年北洋大臣李鸿章以"铁路开通可为军事
上之补救"为由，奏准将铁路事务也划归该衙
门管理，从此把铁路与海防联系在一起。

总理海军事务衙门关防印

中国第一家发放股息的企业

开平矿务局创办时，实行"官督商办"，所以实行招股集资。1877年制订的招股章程中规定，煤矿的性质、集资办法，经营方式、按股分成比例等内容。商股按大小股份分利分红，采取分期、分批交足股金的办法筹集股本，第一期先募集股本80万两，待生意兴隆或需再添加机器另开新

井，再续招新股20万两，合足100万两，并发行80、100万两两种股票。在发行股票的同时，附带息折。开平煤矿所发行的股票及股息发放情况，在当时社会上引起极大关注。因此深受股东们信任，煤矿得以不断增建，扩大生产。开平矿务局后与滦州矿务局合并，更名为开滦矿务局。

股票息折

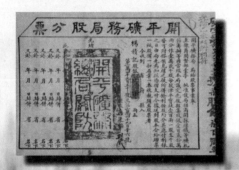

开平矿务局集资100万两时
发行的股票

股票背面

## 刘铭传苦建台湾铁路

1887年，刘铭传出任台湾巡抚后，再奏请清政府在台湾修建铁路，获得清政府的允准后，规划兴建铁路的计划正式启动。在台湾铁路的修筑中，他呕心沥血，付出了艰辛的劳动。铁路分为南北两路，北路由基隆至台北，1887年动工，穿山渡水，工程十分艰巨；南路由台北至台南，1888年开始勘测，1893年当铁路修至新竹时，因资金及技术等原因停工，未能直下台南。刘铭传花费了6年时间只建成了从基隆经台北到新竹全长99公里的铁路，工程总计耗银达130万两，台湾从此进入了陆上交通以蒸汽机车为主要工具的年代。

台湾巡抚刘铭传

修建中的台湾铁路

台湾借用邮票作为铁路客运车票

停靠在台北车站的蒸汽机车

台湾铁路基隆车站

# 第一座铁路隧道

　　狮球岭隧道是中国修建的第一座铁路隧道，位于基隆至新竹铁路间，该段线路地层为页岩、砂岩及黏土，土质结构相当复杂，松软泥土与坚硬岩石并存，两处洞口均在山坡谷地间，所以必须克服许多技术上的障碍和困难，施工难度大，工程艰巨，隧道于1888年春从南北两端同时开工建造，施工人员用粗笨的原始工具开挖，克服大塌方、滑坡等困难，前后耗时30个月于1890年夏完工。台湾巡抚刘铭传在隧道南口拱券挡土墙的红砖上，亲自题写了"旷宇天开"四个大字。

狮球岭隧道

刘铭传的题字"旷宇天开"

## 开滦挂牌设局

开滦煤矿正式设矿至今已有130多年的历史，但早在600多年前的明朝初期，开平煤田就有人开采，但都是手工作业，而且时禁时开，到1740年开平煤田已经有三座煤窑，全部为民间自行开采。1876年，清政府为解决轮船招商局和北洋舰队的用煤问题，李鸿章派轮船招商局总办唐廷枢负责筹建开平煤矿。1877年，按照招股章程，共集资80万两白银（津平银），1878年6月20日开平矿务局正式挂牌设局，为官督商办，并成立了中国历史上第一个采用近代采煤技术的煤矿——开平矿务局，从此改写了中国近千年的土窑手工采煤的历史，并于1881年全面投产出煤。

开平矿务局开滦煤矿

开平矿务局矿区

设计独特的"腾云号"机车

台湾铁路最早的蒸汽机车是1887年德国霍亨索伦（HOHENZOLLERN）的杜塞朵夫（DUSSELDORF）厂制造的，于1888年的2月经海运运抵基隆港。这台被命名为"腾云号"的蒸汽机车，重量只有32吨，最高时速35公里，尤其是它的汽门构造是极少有的Allan式，偏心轮在外侧连动的设计，是世界蒸汽机车史上少有的种类，属于德国蒸汽机车专有的机械杰作，也是19世纪末世界蒸汽机车的上乘之作。1906年"腾云号"机车烟筒飞出的火星，造成铁道沿线火灾，因而被改造成能收集火星作用的钻石型烟筒，"腾云号"自1888年至1924年在基隆至新竹间行驶，服役了36年，为台湾铁路立下了汗马功劳。

改造前的"腾云号"蒸汽机车

改造后的"腾云号"蒸汽机车

"腾云号"机车特殊的偏心轮外侧连动及汽门构造

# 天津铁路动起来

出于巩固大沽口海防的目的，直隶总督李鸿章建议将唐芦铁路"南接大沽北岸，北接山海关"的设想得到了批准。1888年3月詹天佑被任命为唐津铁路（唐山—天津）的工程师，开始了他献身于中国铁路事业的历程。在80天的时间里，他指挥完成了塘沽到天津间的铺轨工程。9月天津至唐山铁路全线通车，10月9日李鸿章等大臣自天津乘火车至唐山对分三段建成的130公里的唐津铁路（唐胥、胥芦、芦津三段的合称）进行全线查验巡视，11月开始办理客运，每日开行两趟列车。

李鸿章

津榆铁路通车验道，中立者为李鸿章

# 张之洞的铁路情缘

    1889年8月，张之洞接过了清政府颁给他的总督大印，就任湖广总督。他阅读大量有关湖北、湖南等省的书籍、考察当地的情况，认为卢汉铁路的建设是振兴国力、挽救民族的重要战略举措，对巩固国防、发展经济、技术进步、社会风气转变等都有重要的作用。在为筹建可以"富国"、"强兵"、"利民"的卢汉铁路和汉阳铁厂做规划的同时，他对卢汉铁路的筹建政策、筹款方式、线路走向等都提出了自己的方案，制定了"储材宜急，勘路宜缓，兴工

宜迟，竣工宜速"的筑路方针。卢汉铁路几经谋划与周折，最终动用官款。卢汉铁路的通车刺激了全国铁路事业的发展，对中国铁路建设起到了一定的推动作用。

张之洞

张之洞乘车视察卢汉铁路

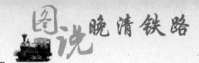
## 官办铁路的开始

　　19世纪90年代，修筑铁路成为洋务事业的重要内容之一。特别是清政府对沙俄加速建造东方铁路直接威胁到东北的安全有所警惕，为了巩固东北边防，1891年清政府决定修建关东铁路，这是中国官办铁路的开始。这条铁路分为关内与关外两段，所需修建经费除由户部筹拨一部分外，清政府指定直隶、河南、陕西、山西、四川、山东、湖北、湖南、江宁、江苏、安徽、浙江、江西、广东、福建和台湾16个省，每省年拨银5万两。据记载，各省拨交关东铁路款项，几乎都由票号、银号汇解。

皇姑屯车站

# 老龙头火车站的由来

　　天津地区建设的第一座火车站，是1886年在天津县河东旺道庄开建的天津站，到1888年10月车站投入运营。这是在中国商埠最早建成的铁路车站，也是天津步入近代工业城市的重要标志之一。当年建成的车站，有8股站线（到发线），连同1股正线共为9股线路，因此，在当地故有"下9股"之称。1888年10月3日第一列工程列车驶入车站，随后不久即开始办理货运业务。当月9日，李鸿章率官员和商贾前往车站视察，并主持车站开通仪式，随后，他们登上列车查验津唐铁路（天津—唐山）全线工程情况。

　　随着天津近代工商业的发展，天津站的规模和设施已经不能满足需要。于是当局在1891年将车站从原址向西南方向约半公里（500米）一处名为老龙头的地段移建，并于1892年建成投入使用。因移建后的天津站地处老龙头，所以，历史上又称天津站为老龙头车站。到1930年该车站更名为天津东站，以区别于同年建成使用的天津北站。

天津东车站又称老龙头车站

天津东站旅客运输

站台上的旅客

## 中国"汉阳造"的发源地——汉阳铁厂

　　汉阳铁厂是中国近代洋务运动时期，由洋务派建立的规模最大的近代钢铁企业，于19世纪末由张之洞创建。该厂于1890年动工建设，1893年底竣工，用了三年时间，共建成冶炼生铁、炼制贝色麻钢和西门士钢、轧制钢轨、铸造机器等大小10个厂，建有两座炼铁高炉、两座炼钢转炉、一座炼钢平炉及轧制钢轨的设备等，雇佣员工3000多人。兼营采矿、采炼业务，曾为京汉、粤汉、津浦等8条铁路生产制造了钢轨和钢轨附件。1896年4月该厂改为官督商办企业，后在原汉阳铁厂基础上建成汉冶萍煤铁厂矿有限公司，并由原官督商办改为商办。

汉阳铁厂全貌

现存世的1899年汉阳铁厂制造的钢轨

1894年汉阳铁厂的技术人员

20世纪初的汉阳铁厂

# 传统技术解决大难题

1894年当津榆铁路修筑到滦县时，需要横架一座铁路大桥，由于滦河河床泥沙很厚，水流湍急，英、日、德三国工程师都解决不了在河底打桩的问题。参加修建的詹天佑与工人一起实地调查，认真研究了河床的地质构造，决定采用传统的"气压沉箱法"，在水下的岩床上筑起桥墩，经过艰苦努力，终于将铁桥的桩基工程顺利完成，这是中国铁路建筑史上第一次在大河上架设铁桥。1935年修建滦河新桥，采用双线桥墩，在修建过程中抗战爆发，导致施工几经停建，直至1943年滦河新桥才投入使用。1948年12月国民党撤退时滦河大桥被炸毁，1949年5月铁道兵将滦河大桥修复。

滦河铁路桥

修建滦河铁路桥所采用
气压沉箱法手绘设计图

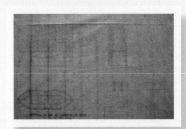

滦河铁路桥施工人员与家属合影

# 重金修建的第一条双线铁路

1895年清政府成立津卢铁路局，决定修建津卢铁路（天津至卢沟桥），任命胡燏棻为督办津卢铁路大臣，主持修筑事宜；英籍工程师金达主持修筑工程，1897年建成通车。线路由天津经丰台到卢沟桥，其中自丰台引出支线至北京右安门外的马家堡，并修建了马家堡火车站，成为津卢铁路北京起点站。该线全长139公里，金达擅自主张，不顾经费困难，运量不重的现实，花费414万两白银将线路建为双线，钢轨采用每米42公斤重轨，平均每公里造价2.76万两白银，成为中国最早的双线铁路。

津卢铁路公司

## 火车邮政的开通

中国最早的火车邮运，是随着津渝铁路的通车而出现。天津至牛庄间的津渝段邮运停止骑差跑行，改乘火车运送，邮件便利用铁路这个现代化交通工具进行邮递，称之为火车邮政，它的历史也就从此开始了。初期邮差乘坐津榆客车押运邮件时，将邮袋放在座位下面被盗，后经天津邮局与津榆铁路公司商定，邮差改乘火车守车，并将信件寄存在柜内，以确保邮件安全。1902年10月，大清邮政在北京至山海关的火车上又开设了火车邮局，对散发在火车上的信件进行分捡和收寄业务，这是中国最早的火车邮局。1903年国家邮局在总结七年来火车邮政经验的基础上，制订了《铁路邮政章程》，从此火车邮政业务逐步地转向正规化、规范化。随着京奉、津浦铁路的开通和中国加入万国邮联，1914年直隶邮务管理局奉命组建了京奉、津浦铁路火车行动邮局，各行动邮局由三个火车邮局组成，负责接收、分拣、封发同邮会成员国往来的邮件，出售邮票和受理普通邮件，为中国最早的火车国际邮件交换局。

大清邮政车标记

津浦线2号火车行动邮局戳记

京奉线1号火车行动邮局戳记

津浦线南段火车行动邮局

## "T"型铁路的修建

中国东省铁路是俄国于1897年在中国东北地区修建的一条"T"字形铁路，它以哈尔滨为中心，西起满洲里，东至绥芬河，横穿内蒙古东北部和黑龙江省区，与俄国的西伯利亚大铁路相接，再从哈尔滨向南到旅顺口，又简称"中东铁路"。在中东铁路修筑中，工人们住在简易的帐篷里，每天只付给10戈比的经费，且霍乱流行，3000多工人被传染，死亡率高达62%以上。到1903年2月，全线竣工通车，交给设在哈尔滨的中东铁路管理局管理和运营，名为中俄共同修筑、经营，实为俄国独占的侵略工具。

大清东省铁路公司在三岔口举行开工典礼

筑路工人在中东铁路建筑工地

1903年建成的哈尔滨车站

沙俄护路军司令部

## 作恶多端的"护路"骑兵

　　1896年中东铁路公司任命外里海第四步兵旅长格尔恩罗斯上校为中东铁路护路队司令，组建首批护路队。1897年在修建铁路过程中，沙俄擅自派遣"护路"骑兵进入中国境内，沿线分段驻扎，以镇压人民的反抗和监督筑路工人，他们逞威肆虐、强占田地，毁坏房舍，民愤极大。

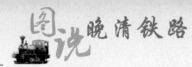

## 东省铁路标志

　　1897年3月"大清东省铁路公司"在彼得堡成立，1897年8月东省铁路在中俄边境大小绥芬河合流处三岔口举行开工典礼，采用俄国西伯利亚铁路1524毫米轨距，于1903年7月全线通车。所用器材除钢轨、道岔、钢梁、机车、车辆等购自比利时、美国外，其余如枕木、木材、燃料、石料等大量修路物资都是直接从中国掠取的。东省铁路标志于东省铁路建成通车后启用，图案为一机车动轮两侧插上飞翼在钢轨上飞驰，上有东省铁路四个大字，下有东省铁路俄文字母，象征铁路随着车轮在快速前进。

1905年东省铁路局局址

## 官款修建的第一条江南铁路

淞沪铁路是清政府用官款修建的第一条江南铁路，早在1895年，两江总督兼南洋通商大臣张之洞，先后两次向清政府总理衙门建议修筑吴淞至上海至江宁之间的铁路，认为修筑此路"有益商务、筹款、海防三端"，并提出预算及筹款办法。后经清政府批准淞沪铁路得以再建，1897年2月重新修建的淞沪铁路由盛宣怀亲自督造，并聘请德国人锡乐巴主持从上海至吴淞炮台湾的修路工作，并在上海、江湾、张华浜、蕴藻浜、炮台湾等地设站。1898年9月1日全线通车，此时距英国人擅自修建的吴淞铁路已经过去22年，1904年10月并入沪宁线，改名为淞沪支线。

淞沪铁路公司上海站

淞沪铁路江湾车站

淞沪铁路公司

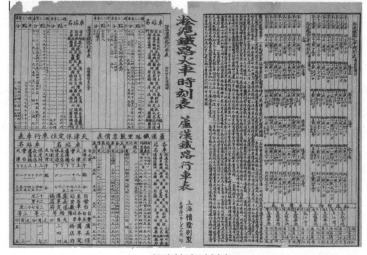

淞沪铁路时刻表

淞沪铁路吴淞车站

## 慈禧首次坐火车

　　1900年，八国联军进攻北京，慈禧太后挟光绪皇帝逃往西安，身在西安的慈禧不忘与英美等国求和，多次电谕议和大臣李鸿章，要求不惜一切代价，割地赔款议和，当闻知李鸿章等大臣与英国、美国、日本、俄国、法国、德国、意大利、奥匈、比利时、西班牙和荷兰签订《辛丑条约》后，她心情大好立即准备回京。于是慈禧太后等人从保定乘皇家专用火车到达北京，因当时卢汉铁路尚未全部通车，只好在马家堡下车，再乘銮舆经永定门入正阳门回宫。为了迎接太后，京城大臣们倾城出动，将御道及有关建筑装饰一新，还在车站搭建彩旗牌楼。

慈禧挟光绪皇帝自西安启程，1902年回到北京

牵引慈禧专车的机车

回銮的行列通过正阳门城楼

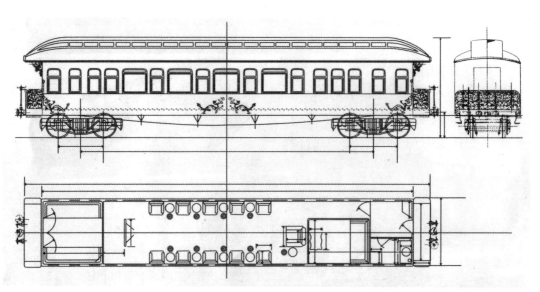

1889年唐山厂为慈禧太后制造的銮舆车图样

# 盈利最高的铁路

　　1900年，清政府与美国华美合兴公司根据粤汉铁路修筑续约，决定修筑广三铁路，路权归美国合兴公司所有。1903年，广三铁路三水段举行盛大的通车典礼，因为该路是广东省内建成的第一条铁路，两广总督岑春煊亲自主持了通车典礼。据记载，广三铁路虽短，却是清末运输效益颇佳之路。广三铁路开通初期平均每日运送旅客万余人次，每年盈利约在毫银八十余万元，利润高达50%。所以当时美国华美合兴公司置粤汉铁路工程于不顾，先集中力量修通此路，就一点都不奇怪了。

### 广 三 线

| 正线数目 | 轨距(mm) | 车 站 及 运 输 设 备 | | | | | | | | | | | | | |
|---|---|---|---|---|---|---|---|---|---|---|---|---|---|---|---|
| | | 站 名 | 建站年月 | 车站中心里程(km) | 给水站 | 灰坑 | 上煤装置 | 机务段 | 转盘 | 车辆段 | 预告信号机 | 进站信号机 | 出站信号机 | 车站有效到发长(m) | 联锁装置 | 闭塞设备 |
| 双线 | 1435 | 石围塘 | | 0.000 | ✓ | | ✓ | ✓ | | | | | | | | |
| | | 五眼桥 | | 1.790 | | | | | | | | | | | | |
| | | 三眼桥 | | 4.570 | | | | | | | | | | | | |
| | | 邵边 | | 7.100 | | | | | | | | | | | | |
| | | 谭边 | | 8.630 | | | | | | | | | | | | |
| | | 奇槎 | | 10.410 | | | | | | | | | | | | |
| | | 点头 | | 11.670 | | | | | | | | | | | | |
| | | 横滘 | | 13.200 | | | | | | | | | | | | |
| —— | | 佛山 | 1903 | 16.500 | ✓ | | ✓ | ✓ | | | | | | | | |
| | | 街边 | 1903 | 20.120 | | | | | | | | | | | | |
| | | 罗村 | 1903 | 22.850 | | | | | | | | | | | | |
| 单线 | | 上柏 | 1903 | 25.430 | ✓ | | | | | | | | | | | |
| | | 小塘 | 1903 | 30.900 | | | | | | | | | | | | |
| | | 狮山 | 1903 | 35.000 | ✓ | | | | | | | | | | | |
| | | 走马营 | 1903 | 39.110 | | | | | | | | | | | | |
| | | 西南 | 1903 | 43.130 | ✓ | | | | | | | | | | | |
| | | 三水 | 1903 | 48.920 | ✓ | | ✓ | ✓ | | | | | | | | |

# 总理各国事务衙门

清代后期中央政府为办理对外事务特设的专门机构，于1861年清政府批准正式成立。总理衙门负责一切牵涉外交的事务和部门，包揽与外交发生关系的政治、军事、财政、交通、商务、矿冶、教育等方面的大权，但不与各省督抚直接发生关系。 1901 年，总理衙门改组为外务部，班列六部之首。总理衙门最初主持外交与通商事务，后来扩大管理办工厂、修铁路、开矿山、办学校、派留学生等，权力越来越大，举凡外交及与外国有关的财政、军事、教育、矿务、交通等，无不归该衙门管辖，成为清政府的重要决策机构。

清政府总理各国事务衙门

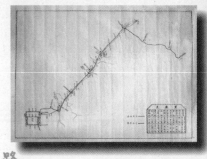

新易铁路线路图

## 皇家祭祖专线——西陵铁路

　　1902年，历经磨难的慈禧太后从西安回到北京后，想在第二年的清明节去西陵祭祖，由于她有了第一次乘坐火车舒适、平稳、快速的初步感受，决定修建从高碑店直达西陵的铁路，并委派袁世凯办理这条铁路的修建事宜。此路由高碑店附近的新城起经涞水至易县的梁各庄，全长42.5公里，又称新易铁路。由于英法两国也想争夺此路的修筑权，袁世凯不得不采取自主修建的办法，交由詹天佑负责修路工程。詹天佑接受该任务时，正值隆冬季节，距慈禧太后祭祖只有短短的6个月，詹天佑克服困难，经过周密部署，带领筑路工人日夜加班，用临时搭建便桥以先行通车，然后再加固的办法，于1903年4月谒陵之前通车。因工期短、费用低而著称的新易铁路的建成，使得詹天佑在铁路事业上崭露头角。

新易铁路竣工验道

# 祭陵专列

　　1903年春，新易铁路建成通车后，经过中外铁路专家及官员的推荐、筛选，京奉铁路的火车司机张美以高超的驾驶技术中选。随着汽笛一响，十几辆皇室专车快速向西陵驶去。按皇室规距，列车上的司机和侍奉人员都必须跪着操作，但考虑到慈禧和皇室成员的安全，袁世凯奏请慈禧恩准，司机张美才可以站着开车。慈禧坐在火车上感到一路快速

平稳，心中十分喜悦，于是向修建此路的工程司和司机授奖，她将列车上一切摆设赏赐詹天佑，而詹天佑只取了一个小座钟留作纪念，其余物品分给筑路的员工。赏赐司机张美黄马褂一件，蓝顶花翎一顶，封知府衔。

新易铁路竣工，慈禧太后赏赐詹天佑的景泰蓝自鸣钟

盛宣怀

一手官印 一手算盘

　　盛宣怀筹办铁路是从修筑卢汉铁路开始的，以修路支持其承办的汉阳铁厂。他将铁路总公司设在上海，1898年5月，盛宣怀与中英银公司签订了《沪宁铁路借款草合同》，准许英商出资修筑沪宁铁路。签订《草合同》后，因英国发动对南非的侵略战争，以及中国发生义和团运动及遭八国联军入侵等事件，此事被搁置多年。直到1903年7月，盛宣怀才与中英银公司正式签订《沪宁铁路借款合同》，1905年沪宁铁路分段开工。"一手官印，一手算盘，亦官亦商，左右逢源"的盛宣怀独揽铁路修筑权，与清政府发生矛盾，清政府撤消铁路总公司，改派唐绍仪督办，盛宣怀遂卸任。

建设中的卢汉铁路

# 暗藏玄机的贷款

　　1903年7月英国胁迫清政府在上海签定《沪宁铁路借款合同》。根据该合同规定借款总额为325万英镑，但债券是分两次发行的，利息为年利5厘，借款期限长达50年。该债券就借款抵押有明确规定："利息和本金由中国政府直接担保，将已建成的淞沪铁路作为头次抵押，连同本约所指的将造铁路所用的已购和拟购各地基、原材料、机车车辆、房屋各项产业及日后建成的铁路本身和该路各项收入也一律作为抵押"。"如果照约过期未付债券每半年的利息或到期本金仍然没有偿还，所有铁路和在此抵押给持券人所受托的中英银公司的全路产业，将依照通例都转交给中英公司管理，以切实保护持票人的正当利益"。沪宁铁路的贷款方式，是一种比较隐蔽的经济渗透方式，即通过铁路贷款来控制中国铁路。

1904年大清沪宁铁路债券

# 沪宁铁路

　　1908年沪宁铁路全线通车，线路全长311公里，由上海北站至南京下关站，沿途共设车站37个。较大车站有上海、昆山、苏州、无锡、常州、丹阳、镇江、龙潭、南京等站，行车时间需要10个小时。1908年开行旅客列车7对，1910年开行旅客列车6对，每逢星期六南京开夜快车1对，星期日由上海返回南京。票价分一等6分、二等3分、三等2分，后增设四等客车，票价为0.75分。1928年至1949年间，因国民政府在南京定都，故更名为"京沪铁路"。

沪宁铁路南京
下关车站月台

沪宁铁路南段
（沪苏段）建成
通车时的场景

沪宁铁路上海北站售票房

# 繁忙的上海北站

1909年沪宁铁路局在上海站（沪宁车站）建成一座办公大楼，这座红砖砌墙配大理石廊柱和拱形门窗的4层洋房，具有英式古典建筑风格，内有76间房，因该楼建在上海站，人们习惯把它作为上海站的标志。1916年沪宁、沪杭铁路接轨后改名为上海北站。这座集办公、候车、售票于一体的车站，开站初期日接送旅客8800余人次，日均货物发送量为560多吨，沪宁铁路通车时上海道台购买了首张银质车票。

沪宁铁路上海站

机车停靠在沪宁铁路上海北站

# 早期列车上的餐饮服务

　　餐饮是早期铁路客运服务的一部分。沪宁铁路开通运营初期，客车上供应茶点，在头等、二等客车上，不管旅客要不要，只要一坐定，就会给你泡上一杯茶，茶价为4角；三等客车用茶壶，每壶2角；茶杯、茶壶上都印有广告。餐车上的食品供应由沪宁铁路公司承包给上海几家有名的西餐社和大饭店经营。每当列车启动，侍者即手持菜单先到头等车，向旅客一一询问"要吃西餐吗？"如果要，就会在你的案上铺上桌布，摆上刀叉，一道道的上菜；若你只需简单的份饭，就铺上一块小桌布。二等车里不铺桌布，三等车由侍者送餐且价格合理，这项餐茶服务也是列车营业收入之一。

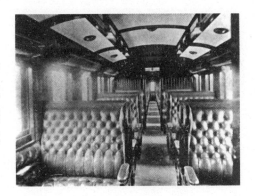

沪宁铁路头等客车内景

萍乡煤矿火车房

## 江西境内最早的铁路

　　早在1898年盛宣怀就开始勘察萍乡煤矿，确认这里的煤质很好，并从轮船招商局等处筹集股金100万两白银创办萍乡煤矿。之后他在主持中国铁路总公司时，又用户部所拨官款修建了萍醴铁路，詹天佑应盛宣怀和铁路总公司的邀请，主持修建萍醴（萍乡—醴陵）铁路。在督建中，坚持采用标准轨距，以便互相连接，使运输畅通。萍醴铁路于1903年竣工通车，成为连接湖南、江西、浙江等省铁路干线的组成部分，后又将萍醴铁路展筑至株洲成为株萍铁路，该线成为江西境内最早的铁路。

株萍铁路管理局

株萍铁路老关车站

京汉铁路局

## 劣质的黄河大桥

1903年在修建京汉铁路郑州黄河大桥时，比利时公司不顾工程质量，只顾图快省钱，在设计前对洪水冲刷认识不足，桥基埋深浅，也没有考虑火车行驶时的震动力，以致桥梁修建质量不高，为行车安全埋下隐患。施工期间就有8个桥墩曾被洪水冲毁，大桥建成后，比利时公司只保固15年，行车时速仅为10~15公里。大桥建成不久，桥墩就出现倾斜，黄河中大量的抛石高出水面，险情时有发生。

京汉铁路黄河大桥

胶济铁路开行的列车

## "巨野教案" 的后果

　　鸦片战争后，德国夺得在山东传教的护教权后，开始在山东进行传教，并强占大量民田。1897年11月的一天，两名德国传教士在山东曹州府巨野县张家庄教堂发展教会势力，指使教徒欺压百姓，激起公愤，被当地反洋教组织杀死，这就是有名的"巨野教案"。1898年3月，德国借"巨野教案"，胁迫清政府签订《胶澳租界条约》，取得了胶济铁路的修筑权。1899年德国政府特许德14家银行投资营建该路，它是山东境内最早修建的铁路，并由德国独家修筑和经营。

胶济铁路济南东站

胶济铁路青岛车站

# 一根枕木一条人命

　　滇越铁路是中国十多万劳工用生命和血汗，耗时6年建造起来的。它是越南通往我国西南门户的唯一通道，该线自红河北岸的河口站起，沿南溪河谷北上至迷拉地，跨越红河到开远，转而线路沿八达河、大城河至水塘，再穿过珠江、扬子江分水岭到达昆明，沿线蜿蜒于崇山峻岭之中，地形复杂、桥隧密布，劳工们在极其险恶的自然条件下，用铁锹、锄头、撬棍、钢钎等原始简陋的工具劈山修建，由于劳动强度大，且瘟疫、疟疾流行，加之缺医少药，因得不到及时救治而死去的劳工不计其数。此外还要受外国监工的苛虐鞭挞，尤其是在修建著名的五家寨"人字桥"时，无论多重的桥梁构件及架设桥梁的设备器材等，都是由劳工和骡马驮运到施工现场，当时200多名劳工用肩扛，排成600米长的队伍，每人负担25公斤的重量，耗时三天，才把器材运到工地。这条在云南历史上建设时间早、建设难度大的窄轨铁路，被当时英国《泰晤士报》称为与苏伊士运河、巴拿马运河齐名的"世界三大工程奇迹"。

滇越铁路铺轨

滇越铁路"人字桥"

滇越铁路使用的侧水柜式机车

## 米轨火车

　　滇越铁路双轨之间的距离为1米，俗称"米轨"，所用机车与车厢初期为法国和德国制造的，后又引进日本和美国制造的，称为"中火车和大机车"。滇越铁路通车后，在芷村设机务总段，负责机车的运用和修理。JF$_{51}$型 738号机车是1913年由法国制造的侧水柜型客运机车，属于重型机车，储煤量5吨、储水量8吨、最小通过曲线半径80米、全长11.55米、构造速度每小时55公里、轴式排列为1—4—1，在昆明至河口线上运营。

安奉铁路通车

# 日本在华修筑的第一条铁路

　　1904年日本借日俄战争之机，擅自在中国境内修筑了一条安东至奉天的军用窄轨轻便铁路。这条以军事运输为目的的轻便铁路是日本在中国修建的第一条铁路，铁路建设标准很低，轨距采用的是0.762米的窄轨，钢轨每米12.5公斤，1905年通车运营。它是连接日本和中国东北地区的重要联络线，随着《东三省事宜条约》的签订，该铁路移交给"满铁"管理和承担改建任务，平均每日出工15000人，其中80%是中国劳工，他们的工作、生活条件十分恶劣。1912年安奉铁路被改造为1.435米标准轨距的商业铁路并开行客货列车，年运货量78万吨，12年后由中国赎回。

安东车站

# "断桥" 的由来

　　1907年，日本胁迫清政府同意在鸭绿江上修建铁路大桥，1909年7月大桥动工，1911年11月竣工，安奉铁路同朝鲜铁路接轨，形成了从中国东北连接朝鲜半岛的一条运输线。日本通过这条铁路，将东北的矿产、木材、农产品等通过鸭绿江铁路大桥源源不断运往日本。该桥由当时日本驻朝鲜总督府铁路局负责修建，从中国方向数第四孔为开闭式钢梁，以四号桥墩为轴，该钢梁可旋转90度，便于过往的大型船只航行。1943年4月，日本在此上游不足百米处建成第二座铁路大桥，将第一座桥改为公路桥。抗美援朝战争期间被美军飞机炸断，成为废桥，中方一侧所剩四孔残桥保留至今，称为"断桥"。

1911年建成的鸭绿江铁路桥

## 艰难的选线

　　1905年担任京张铁路总办兼总工程师的詹天佑，亲自带领测量队进行紧张的勘探、选线。当时塞外的天气十分恶劣，他们始终坚持工作，詹天佑鼓励大家如果线路选不好，就会遭到外国人的讥笑，还会使中国工程师失掉信心。为勘测到一条理想的路线，詹天佑不仅多方查找资料，而且亲自访问当地的农民征求意见，在崇山峻岭中反复勘测了三条备选路线后，根据经费、

京张铁路总办兼总工程师詹天佑

工期和地形条件进行认真比较，权衡再三，最终选定由丰台柳村起经南口、居庸关、八达岭、沙城、宣化至张家口线路。为解决列车穿越八达岭山区的问题，詹天佑创造性地运用了"折返线"的原理，在地势险峻、山多坡陡的青龙桥东沟修筑"之字形"线路，使关沟段的线路坡度降低到33‰以下，八达岭隧道长度缩短了一半，这在当时无成熟经验可供借签的情况下，是保证列车在如此大的坡道上安全行车而采用的最佳线路方案。

勘测京张铁路使用的水平仪

勘测京张铁路使用的经纬仪

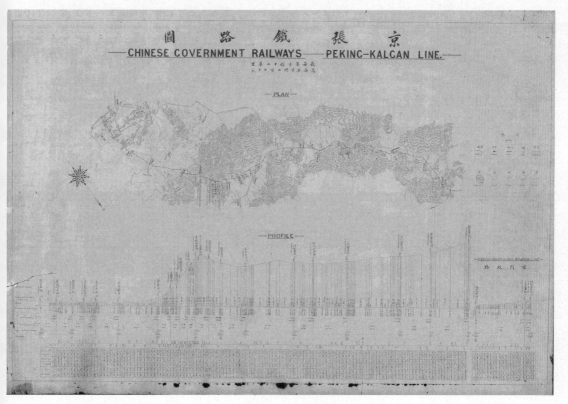

京张铁路平纵断面图

# 大马力机车

　　詹天佑为解决京张铁路关沟段33‰大坡道机车牵引问题和对行车安全的重视，根据关沟段坡度大小和曲线半径，最初确定使用唐山工厂购入的摩格尔2—6—0型蒸汽机车双机牵引，之后又专门向国外了解并引进了0—6—6—0型马莱活节机车，这种机车适用于大坡道上行驶，并可以通过小半径曲线。展筑张绥铁路后，又向美国购进2—8—8—2型马莱活节机车，此车为当时亚洲马力最大的机车。除了马莱机车之外，詹天佑还根据关沟段的需要，购进另一种山道机车——谢式（Shay）齿轮传动机车。该机车为立式汽缸，经由齿轮传动，适用于大坡道行车，并在南口设立机车维修工厂方便机车的维修和养护。

南口机车房

图说晚清铁路

京张铁路使用的2—8—8—2型马莱（Mallet）机车

京张铁路使用的0—6—6—0型马莱（Mallet）机车

## 早期的铁路警察

一百多年来，铁路警察由铁路的兴起而产生，它始于清朝创建铁路之初，在铁路督办下设"巡房局"，用以维护行车治安和保护铁路器材，但当时并没有铁路警察之名。随着铁路的修建，各路各自为政，警察名称各异，机构不统一，铁路警察的职责虽不尽相同，但都是为了维护车站秩序和沿线治安，以保障铁路运输的安全。

1905年徐世昌（左三）任清政府巡警部尚书时与赵秉钧（右二）等人合影

清末在卢汉铁路李家寨站值勤的铁路警察

图说晚清铁路

## 盲肠铁路

1905年，福建省华侨筹资组建铁路公司，修建漳厦铁路。1907年漳厦铁路嵩屿至江东桥段开工，全长仅28公里。起点设在江东桥站，距离漳州还有17公里多的旱路，从漳州前往厦门的旅客，要跑17公里多的路程，到江东桥买票上车，终点站嵩屿距厦门也有3公里多的海路，旅客搭乘小火轮渡海后再乘火车到江东桥，短短的一条铁路，前不过海，后不过江，如同盲肠一般，人称"盲肠铁路"，如此这般的漳厦铁路，毫无交通便利可言，但它是20世纪初期福建省唯一的铁路。

漳厦铁路漳州车站

## 专管交通行政的中央机构

邮传部是清代管理交通邮电事务的机构，1907年设置。设尚书、左右侍郎、左右丞、左右参议各1人，分设承政、参议2厅及船政、路政、电政、邮政四司。厅设佥事、员外郎、主事数人，司设郎中、员外郎、主事、小京官不等，此外还设额外司员及录事。1911年改尚书为大臣，侍郎为副大臣。所属单位有邮政总局、铁路总局、电政总局、电话局、交通银行、北京银行等。

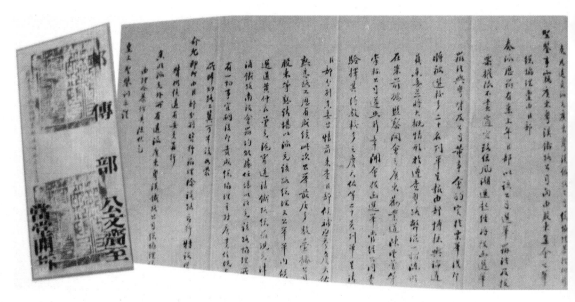

邮传部奏折

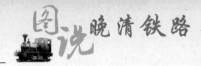

## 京奉铁路的前世今生

这是一条由北京经天津出山海关到沈阳的干线铁路，始建于1881年修建的唐胥铁路，此路为关内外铁路之发端。它不断延伸修建了30余年，先后于1887年展筑至芦台后，改称唐芦铁路；1888年修筑至天津后，改称唐津铁路；1894年天津至山海关铁路通车,因山海关在历史上曾称"榆关"，所以又称津榆铁路，1897年津榆铁路由天津经津卢铁路（天津至卢沟桥）延伸至北京城外马家堡，后经津卢铁路展筑至北京正阳门，改称京津铁路；之后津卢铁路、津榆铁路合并，改称关内外铁路；1907年关内外铁路延伸修建至奉天省府附近的皇姑屯，改称京奉铁路；1912年通车至沈阳新站；1929年当奉天省改称辽宁省后称北宁（北平至辽宁）铁路；1945年抗战胜利后改称京沈铁路；现与沈哈铁路合称京哈铁路。

京奉铁路路线图

京奉铁路局

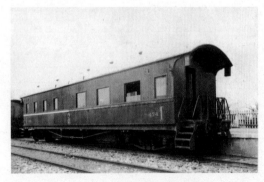

京奉铁路使用的客车

京奉铁路正阳门东站

## 老北京的前门火车站

　　清末的北京，火车是百姓出行的主要交通工具。庚子事变后，英国人擅自将津卢铁路由马家堡站延长至正阳门箭楼东侧并设立车站。因正阳门是内城的正南门，老北京人习惯上将南面称"前"，俗称"前门"，故正阳门火车站也叫前门火车站。前门火车站分为东站和西站，正阳门东站于1906年建成，为尽头式车站，是当时北京最大的火车站，也是最大的交通枢纽。站舍设在到发线尽头端，拱式的屋顶，圆穹形钟楼，是典型的欧洲建筑风格，在房额"京奉铁路正阳门东车站"大字两侧的下方，各有一条龙饰，凸现着中华民族的传统文化、审美理念和向世人宣告该铁路产权属于中国，表现了中国人的尊严与自信。

京奉铁路正阳门东车站全

京奉铁路信号所旧址

## 京奉铁路信号所

　　京奉铁路信号所位于正阳门至东便门车站之间2.8公里的路段上，该建筑为砖混结构，砖上带有英文字母缩写"P.M.R"。P为Peking（北京）的词头、M为Mukden（满语：穆克顿，即奉天）的词头、R为Railway（铁路）的词头，意为京奉铁路。早期京奉铁路使用区间闭塞，后来采用圆形铜质路牌闭塞，后逐渐改用圆柱形路签的单路签闭塞。1909年开始安装进站臂板信号机，1910年开始装设进站预告信号机，以后陆续装设出站和调车信号机。线路上的信号，通信设备等是由监工、铜匠、号志匠、帮匠等员工去维护，便于行车安全。

## 京奉路界桩

    铁路界桩是铁路部门为了划清铁路与地方区域使用的路基标志，它安放在铁路沿线上。京奉铁路界桩是安放在北京至沈阳铁路上的标志，上面刻有P.M.R字样， P为Peking（北京）的词头、M为Mukden（满语：穆克顿，即奉天）的词头、R为Railway（铁路）的词头，在修筑京奉铁路过程中英国人担任修路总工程师和主要职务，平时办公行文也惯于中英文并用，由此京奉铁路界桩上刻有中英文字样。

京奉铁路界桩

天津北站

1892年天津第一个火车站老龙头火车站建成，庚子事变后，老龙头火车站被划入俄租界，唯一的火车站受到外国人控制，1902年时任直隶总督兼北洋大臣的袁世凯，经常往来天津与北京两地，出入车站也要看外国人脸色，为此感到十分不满，遂下令在老龙头火车站以北4公里处修建新车站，1903年完工。1910年京奉铁路与津浦铁路在天津北站举行联轨典礼，该站1、2、3股道为津浦线列车到发用，其余为京奉路列车到发用。1937年抗战爆发天津沦陷后，车站于1938年更名为天津总站，其用意为津浦、京奉两路所共用。

天津总站停车场

## 华侨修建的惠民铁路

新宁铁路施工的技术人员

新宁铁路通车

新宁铁路公益车站

新宁铁路斗山车站

1906年旅美华侨陈宜禧集资在家乡新宁县修建了一条纵贯县境以达新会县、江门北街的铁路——新宁铁路。同年5月，公益至斗山段破土动工。经过三年的艰苦施工，1909年5月，纵贯新宁县境南北50多公里的新宁铁路第一期工程完工，火车的汽笛声第一次响彻在侨乡的大地上。之后，陈宜禧克服重重困难，全力扶持，将新宁铁路自公益伸延到新会，并在牛湾设过江轮渡载送火车通过潭江，这条历尽艰辛的新宁铁路终于在1913年的8月通车到了江门北街。当年盛极一时的新宁铁路是中国人自己勘测、设计、施工的民营铁路，老百姓只需花两角钱，买一张火车票就可以从江门坐到台山。火车从台山开出，经司前、大泽到会城，沿江会路进入江门市区，到达江门火车站。然后火车经范罗岗，沿江华二路过炮台桥到达新宁铁路的终止站北街。

新宁铁路使用的德国制造的Henschell型蒸汽机车

京汉铁路车票

## 别致的京汉铁路车票

1906年京汉铁路通车运营初期，客运量不大，每周只开行北京至汉口快车1对，全程运行36小时45分钟，列车设有卧铺和餐车；普通旅客列车，每日1对，全程运行58小时16分钟，为白天行车，在安阳与信阳停车过夜；此外还开行北京至正定、塘沽至正定慢车1对。旅客列车车票伴随着这条铁路的运营而诞生了，这张车票上面的法文是：北京至汉口铁路，中间印有京汉铁路使用的蒸汽机车，两旁是象征中华民族强盛的龙饰图案，中间覆印票价，反映该路尽管是外国人修建的，但路权是属于中国的。

京汉铁路保定府车站

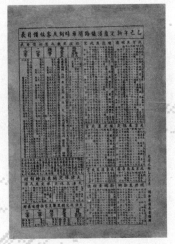

卢汉铁路开车时刻及客位价目表

满铁徽记

## 全能的铁路公司

　　1906年6月，日本以经营南满洲铁路为名，在大连设立了"南满洲铁道株式会社"，在东京设立分社，该会社是以交通事业为中心的综合性产业经济开发组织。1931年以后，"满铁"的势力扩展到东北经济的各个领域，垄断了东北三省的全部铁路，控制了汽车和航运事业等。

设在大连的南满洲铁道株式会社社址

# "潮汕铁路案"的背后

　　1903年，南洋华侨张煜南、张鸿南兄弟向清政府提出要求建筑潮汕铁路的申请，慈禧亲自批准，同意修建，并签订50年后收归国有的条约，开创了华侨修筑铁路之始。这条铁路是潮州通往闽西汀州（长汀）及粤东嘉应州（梅县）等地的必经之地，南起汕头，北迄潮安，全长39公里，后来又加筑了潮州西门至意溪码头支线，共计42公里。詹天佑作为潮汕铁路总工程司前来勘测、设计。后与日本人意见不统一，遭到排斥而离职。之后日本人以100万元的工程造价承包修筑潮汕铁路，并盗用了詹天佑的设计方案。在修路中，发生了沿线百姓打死日本人的事件，在日本人的逼迫下，清政府采用了李代桃僵之策，制造了一起残害人命的冤假错案，史称"潮汕铁路案"。

潮汕铁路办公楼

潮汕铁路汕头车站

列车停靠在潮汕铁路汕头车站

## 险象环生的阿里山森林铁路

1896年日本探险队在台湾阿里山发现蕴藏丰富的森林资源，并进行掠夺开采。为了将阿里山的木材转运出去，日本人开始规划修建铁路。1906年在得到台湾总督府的批准后，于是开始进行分段修筑，到1908年嘉义至竹崎平地段完工。1912年12月嘉义至二万平段完工，并于当年12月25日通车，装载原木的列车开始源源不断地运往日本。1914年铁路延伸至阿里山沼平旧站，至此主线完工。这条森林铁路，全长71.34公里，高差大、桥隧多、工程异常艰巨，轨距762毫米，而最大坡度达到62.5‰，一般火车根本就爬不上去，最小曲线半径只有40米，这种急弯极易使火车出轨，这一险恶的线路环境造就出一条特殊的森林铁路。它不仅见证了日本对中国台湾岛资源的掠夺，在铁路修建史上也是奇迹。

台湾阿里山铁路北门车站

18吨直立式汽缸蒸汽机车

## 直立式汽缸蒸汽机车

由于阿里山森林铁路坡度极陡，为了适应其特殊的地理环境与需要，采用美国利玛机车公司（Lima Locomotive work）生产的18吨、28吨两种直立式汽缸蒸汽机车，该机车与一般机车最大不同之处，就在于使用伞型齿轮与直立式汽缸，这种独特的推进方式可以使火车在行驶时不致滑坡，速度慢但爬坡力强。直立式汽缸蒸汽机车拥有世界最小回转半径结构，最小能达到仅30米的曲线半径弯度，且具有并排直立、短距离之活塞动程结构，四对伞型大小齿轮配备，形成八个车轮均属动力轮，非常适合山区铁路独特的地形需求。

28吨直立式汽缸蒸汽机车

直立式汽缸在登山机车上的特殊设计，避免了因动力不足而下滑

## 受冷落的川汉铁路鄂境股票

　　川汉铁路湖北段简称鄂段，自汉阳至宜昌，线路长约600公里。1905年四川总督锡良拟定招股章程，为四川境内铁路招商集股。1906年宜昌至万县间鄂境路段经川鄂两省商定决定由四川省代建，订期25年后由湖北省备款赎回，筑路经费交由湖北官钱总局筹措。1907年湖北官钱总局发行川汉铁路鄂境股票，该股票正面印有双龙戏珠图案，喻示民族强盛、腾飞、吉祥、富贵之意。招集的全线股款为2000元，核定以龙银100元为一整股，5元为一零股，合二十零股为一整

1907年发行的川汉铁路鄂境股票

股，共分三期兑收每年官息六厘，闰月不计红利，背面印制股款简明章程15条内容。到1908年鄂段股银仅筹措到5.9万两，开办彩票换股银59.7万两。由于鄂股久招无几，所集川股又大量注销，流入私囊，致使工程进展缓慢。

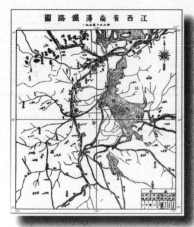

南浔铁路示意图

# 南昌早年的北大门

南浔铁路起自南昌赣江北岸牛行，在鄱阳湖与九岭山余脉之间北行，到永修越修水，从幕阜山余脉庐山西侧到达终点长江南岸九江，是江西省地方商办铁路。1906年在龙开河举行开工典礼，1916年从九江至牛行正式通车，牛行站也在此时建成。牛行与南昌城区相隔赣江，用小火轮船拖渡过江。牛行站不仅是南昌最早的火车站，同时，它也是南昌早年的北大门，北伐战争时蒋介石就曾在牛行车站设立总司令部。

南浔铁路牛行车站

# 非常时期的接轨仪式

1909年建成的广九铁路大沙头车站

　　1899年3月盛宣怀与英国签订修建广州至九龙铁路的合同草稿，合同条件十分苛刻，该合同草稿公布后遭到中国人民的反对。1907年3月清政府又派唐绍仪与中英银公司签定了《九广铁路借款合同》，合同规定，借款总额为150万英镑，九四折扣，年息5厘，期限30年。合同还规定，本路分华、英两段，自大沙头至深圳为华段；自深圳至九龙为英段；1907年8月施工，1911年10月全线通车。深圳至九龙由英国修建，华英两段的分界在深圳站南端的罗湖桥。当时正值清朝和民国政权转换的非常时期，粤港双方官员在清政府与港英政府共同修建的罗湖铁路桥上主持了接轨仪式，出席仪式的仍是满清官员，罗湖桥因此也被广为熟知。

广九铁路建成，举行接轨和通车仪式

罗湖铁路桥

# 几经波折的罗湖铁路桥

　　始建于1906年的罗湖桥包括铁路桥和人行桥，该桥为3孔，两端孔为6.71米钢槽梁，中孔为32米钢桁梁。该桥北岸的桥座及桥墩由中国方面修建，南段的桥座、桥墩及全桥的钢梁由英国修建。据《罗湖铁路历史》及《九广铁路的历史》记载，在第二次世界大战期间，英军为阻止日军进攻，于1941年拆毁罗湖铁路桥及九广铁路。日军占领期间，对罗湖铁路桥及九广铁路进行了重建，日军撤离时，又拆毁了罗湖铁路桥，现桥为后来重建。

# 刻在石碑上的铁路规章

　　1907年正太铁路通车后，老百姓极为好奇，随意横穿铁路及扰乱站内秩序。正太铁路局为规范百姓及乘客的行为，便于社会各界了解铁路客、货运输和行车运转的有关章程，在石家庄火车站竖石碑一座，正面碑文刻有"正太铁路局紧要告白路章摘要"和"行车治安章程"，如今这座石碑成为正太铁路历史的见证。

正太铁路路章碑

## 懋华亭的由来

　　1935年6月为纪念正太铁路路权回归，感激王懋功、朱华二位局长为职工谋福利，全体正太铁路职工敬立此碑亭，从王、朱二人的姓名中各取一字，命名为"懋华亭"。该亭亭高9米，为钢筋混凝土结构，在直径5米的水泥台基上，8根八角形的柱子撑起圆如阳伞的尖顶，顶上矗立着一个造型别致的尖锥，正北面的横额上镂刻着"懋华亭"三个篆书大字，书法隽秀，刻工精细。亭内上部柱间的汉白玉嵌板上刻着隶书体懋华亭记，记叙了修建该亭的经过。

1932年4月～1934年12月担任正太铁路局局长的王懋功

## 正太路工眼里的好局长

王懋功、朱华在出任正太铁路局正、副局长期间，顺乎民意，收回了掌握在法国手里的正太铁路"路权"，支持工人斗争运动，实行8小时工作制；创办职工消费合作社，恢复因参加"二七"罢工被法国人开除的工人的工作；并容纳了一批共产党员在正太路上任职，还实行了已故工人子弟优先就业，发放退休养老金和特、事假等制度；修建了职工浴室、住宅，俱乐部、职工医院等设施，使铁路职工的福利待遇有了较大的提高和改善。他们还在健全铁路经营管理机构、发展运输上尽量选用国货，摆脱外国人的控制，使运输收入逐步提高。

1932年4月～1934年12月担任正太铁路局副局长兼总务处长的朱华

## 行车安全的功臣——大石桥

大石桥

　　1907年正太铁路建成通车后，由于过往的行人和车辆必须穿越铁路，而铁路沿线又没有安全保护设施，火车撞伤、轧死人畜的事故时有发生。鉴于此种情况，铁路员工和各界人士纷纷联名上书掌管正太铁路权的法国总办，要求拨款修建一座跨越铁路的桥梁。但法国总办对此却置之不理，正太铁路员工发起了捐献工资，集资建桥的活动，各界有识之士也纷纷慷慨解囊。修桥款筹齐后，由唐山工匠赵兰承担了全部工程设计施工任务。在短短的几个月里，工匠们就将这座桥建成了，因该桥桥身系大青石砌成，故名大石桥。其中两孔采用钢梁外，其余均采用我国传统的石拱结构，桥面坡度平缓，桥体坚固美观，桥头两端各塑二尊石狮雕像。大石桥建成后，正太铁路从桥下行驶，行人和车辆从桥上通过，方便了东西方向的交通，铁路沿线事故大为减少。

大石桥被授予石家庄市级文物
保护单位

## 早期正太铁路的旅客运输

1907年正太铁路建成后，旅客运输便开始了。由于正太铁路修建在蜿蜒起伏的太行山区，弯道多，坡度大且桥隧相连，沿途地势险要。早期旅客列车是白天行驶，夜间宿站，一般情况下列车停靠在比较大的车站，旅客则在站外旅店住宿，第二天，旅客进站上车，列车继续行驶。当时旅客列车种类有特别快车、寻常快车、混合列车三种。座车根据车内设备情况分为一、二、三等。一等、二等旅客列车内安装有蓄电池供电的小电灯，三等车则点煤油灯。价格按每人每公里一等票价银元6分4厘、二等票价3分4厘、三等票价1分6厘。在车上买票者至少加收银元1角。正太铁路开办旅客运输以来，当年就发送旅客115450人，改善了当地百姓的出行条件也促进了沿线地区的经济发展。

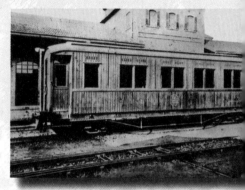

正太铁路使用的头等卧车

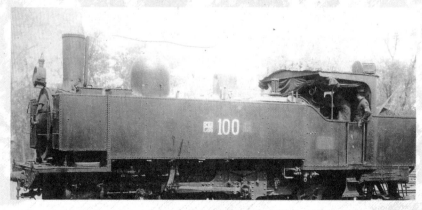

正太铁路使用的蒸汽机车

## 举借外债　修建津浦

Liste Nr. 2/204　　Nr. 25038

5% Chinesische Tientsin-Pukow-Eisenbahn-
Anleihen von 1908 u. 1910

Die Deutsch-Asiatische Bank bestätigt hiermit, für Rechnung der Chinesischen
Regierung gemäß § 3 den Anleihe-Gläubigern seitens der Chinesischen Regierung
gemachten Angebotes, das in der „Berliner Börsen-Zeitung" vom 26. September 1936
veröffentlicht worden ist, 24 Kupons im Nominalbetrage von je £ 2.10. — £ 60.—
von der Schuldverschreibung No. 5585 der deutschen Ausgabe der
5% Chinesische Tientsin-Pukow-Eisenbahn-Anleihe von 1908 erhalten zu haben.
In der „Berliner Börsen-Zeitung" wird bekannt gemacht werden, wann diese Quittung,
die sorgfältig aufzubewahren ist, entsprechend den Bedingungen des obigen Ange-
botes, in einen unverzinslichen Skrip über £ 12.—.— (=1/5 von £ 60.—.—) umge-
tauscht werden kann.

Zusammenstellung der eingereichten Kupons

| Fälligkeitstermine: | | Anzahl der Kupons: |
| --- | --- | --- |
| Oktober 1925 — Oktober 1935 (einschl.) | | 21 |
| November — November | | |
| April 1936 | | 1 |
| Mai | | |
| April 1937 | | 1 |
| Mai | | |
| April 1938 | | 1 |
| Mai | | 24 |

Für die Chinesische Regierung

Deutsch-Asiatische Bank

Berlin, den 10. November 1937

**津浦铁路债券收据**

　　1908年1月清政府与英国签订《天津浦口铁路借款合同》，后因故该合同未履行。1910年9月，清政府外务部又与德国德华银行和英国华中铁路有限公司在北京签订《津浦铁路续借款合同》，借款总额为500万英镑，借期30年。其中德款占63%，英款占37%，并由河北、山东、江苏等省的税收作为担保。1910年，又向德、英公司续借300万英镑，开始修建这条通过直隶境内并贯穿中国华北及长江流域的铁路，这就是从天津至浦口的津浦铁路。该路以山东峄县的韩庄为界，设南北两个总局，由两个总办主持路工事宜。韩庄以北至天津，由德国工程师负责施工，1908年在天津举行开工典礼；韩庄以南至浦口段，由英国工程师负责施工，1909年在浦口举行开工典礼。

**津浦铁路德州车站**　　**津浦铁路天津西站**

**津浦铁路济南段**

## 佳作成就盛名——浦口车站

　　在延绵1000多公里的津浦铁路线上，有一座修建于1911年精巧别致的欧式建筑——浦口火车站，该站房呈米黄色且坐北朝南，三层砖混结构，屋顶有脊，单柱伞形长廊直通月台，拱形雨廊连接轮渡码头，迎送南来北往的旅客。当年朱自清的散文《背影》，曾用细腻的笔触，描写了父亲送儿子上火车，爬越火车站月台买橘子的故事，让人们记住了父亲，也记住了浦口车站。民国政府定都南京后，浦口火车站更是成为北方人"进京"的必经之地，那时从北方到上海，必须从这里转车，坐轮渡到对岸，再搭乘沪宁线的列车抵达上海。

津浦铁路浦口车站

## 国人修路　震惊中外

南口通车典礼茶会专车

　　1909年9月24日一条由中国人自己勘测、自己设计、自己施工修建的干线铁路——京张铁路，比原定计划提前2年建成。这是当时我国修筑成本最低、质量良好的铁路。10月2日，京张铁路在南口举行了盛大的通车典礼，有众多中外来宾参加典礼，并在南口车站举行通车剪彩仪式。京张铁路总办兼总工程司詹天佑、广东番禹朱君淇等人在庆祝通车仪式上发表演说。京张铁路的建成，在国内外引起轰动，其意义远远超出铁路工程技术领域，为深受外国势力欺辱的中国人争了一口大气。

京张铁路通车南口庆典会场

# 京张铁路行车时刻价目表

　　京张铁路自1905年10月2日在丰台站东侧柳村插标动工，于1906年9月30日修通至南口车站，前后仅用了不到一年的时间。并在通车运营前，詹天佑先生就制定了客运、货运票价及货物等级分类标准等运输规定，随后此段铁路即开办运输营业。这张京张铁路开通运营时的行车时刻价目表，记录了当时客车开行时间、起讫站，开行对数、运行速度、头等客票价目等信息，见证了一百多年前国民经济以及国人生活的历史，伴随着火车的轰鸣，为口内外人员往来及通商贸易带来了极大便利。

1908年京张铁路行车时刻价目表

# 镜头里的见证——《京张路工摄影》

《京张路工摄影》是一部记录京张铁路工程的大型摄影集，分为上下两卷。该影集曾作为京张铁路通车典礼纪念品，赠送给清政府重要官员和修建京张铁路的主要工程技术人员。1909年为纪念京张铁路建成通车，时任邮传部尚书的徐世昌拨专款，由詹天佑主持编辑出版了这本《京张路工摄影》集。这两卷影集为红绒布面，封面上嵌有"京张路工摄影"6个凸字的铜板，影集内共收录了183幅照片，以清晰、生动的画面，展现了京张铁路从丰台柳村起至张家口200余公里沿线的车站、厂房、线路、机车、车辆、桥梁、隧道、涵洞等建筑、设施等及通车庆典的盛况，直观地反映了1909年京张铁路的全貌，具有较强的纪实性和资料性，是中国铁路重要的文化遗产，具有重要的历史、艺术和科学价值。

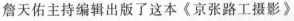

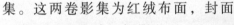

## 中国第一所铁路大学

　　清政府邮传部于1909年创办北京铁路管理传习所，这是中国历史上为维护国家铁路权益而创办的第一所专门培养管理人才的高等学府。传习所开设有一年制铁路管理英文简易班和德文简易班，三年制铁路英文高等班、法文高等班。之后又相继开设邮电班、统计班、电信班等专业科班。1910年铁路管理传习所改名为交通传习所。1921年该传习所与上海、唐山两所工业专门学校合并，定名为交通大学，下设京、沪、唐三校，北京交大当时称交通大学北京学校，1923年更名为北京交通大学。新中国成立后，经政务院批准定名为北方交通大学，毛泽东主席亲笔题写了校名。

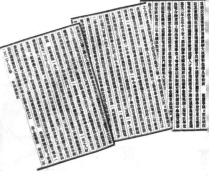

1910年2月邮传部上奏清政府关于"办交通传习所大概情形折"

1928年北京交通大学招收的首批女学生

# 商办川汉铁路股票

　　素有天府之国之称的四川，虽物产丰富但交通不便。1904年，川鄂两省人民积极要求自建川汉铁路，随后成立官办"川汉铁路总公司"，这是中国第一家没有外资的省级官办铁路公司。后因川境招股之便改为商办，随之成立商办川汉铁路有限公司，并在1909年12月18日发行股票，四川各界人士纷纷解囊入股。该股票正面上方印有云龙图案和"川省川汉铁路有限公司"字样，为了保证铁路的自主权，川汉铁路公司规定"专集华股，不附洋股"，股票背面特地注明"此股单照定章不得转售或抵押与非中国人，如不遵章此单即作废纸"，体现了四川人民自办铁路的决心。

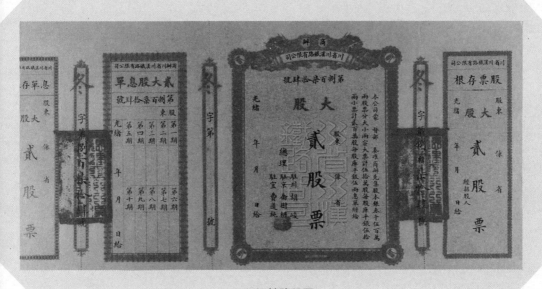

川汉铁路股票

参加四川铁路开工典礼的官员合影

商办川汉铁路宜万段修建时，詹天佑等
人在东山寺合影

# 难能可贵的一段路

1909年10月川汉铁路在宜昌举行开工典礼，首先修筑宜昌至万县段，分10段同时开工。宜万段沿长江三峡而行，沿途连山大岭，地势险峻，工程异常艰巨，成千上万的筑路工人在没有开挖机械的情况下，用几乎原始的办法劈山修路。正当紧张的施工时，商办川汉铁路公司内部发生矛盾，管理混乱，争夺权势。在这种社会环境和技术条件下，宜万段重点工程东兴界岭隧道已开挖三分之一，部分路基、桥涵、站房已经建成，并修通了宜昌至小溪塔仅7.5公里一段，也实属可贵。

川路开首钉道工场来宾合影

## 保路爱国　迎接革命

　　詹天佑在广州致力于建筑铁路期间，担任商办粤汉铁路总理兼总工程司，他领导的粤路公司成立了保路机关所，并在1911年6月7日致电川路公司，表示希望协力抗争，积极保路。6月17日，川路公司宣布成立四川保路同志会。1911年9月在辛亥革命爆发前，广州形势紧张，商办粤路公司人员，出现离散倾向，随即詹天佑召集铁路各部门领导，告诉他们：他将坚守岗位不动，任何人如有顾虑，可以离开，但在离开前，必须将每件事情交代清楚，交给他或他的代表，结果无人离开，在整个运动期间，列车照常通行，铁路财产没有任何损失，以实际行动支持保路运动，迎接革命的到来。

詹天佑到广州就任商办广东粤汉铁路公司总理兼总工程司，与前任总工程司邝孙谋在佛山合影

詹天佑在广州与同仁合影

## 保路运动的导火索——湖广铁路债券

　　1911年清政府改变了自1903年以来实行的铁路修筑权开放政策，借口重新规划全国铁路，将以前各省铁路公司集股商办的铁路干线由国家收回，并宣布铁路干线都要收归国有。同年5月20日邮传部大臣盛宣怀在北京与英、法、德、美四国银行团签订了《湖广铁路借款合同》，借款600万英镑，年息5厘，九五折实付，期限40年，以两湖厘金及盐厘税捐作抵押。至此，川汉、粤汉等本来属于商办的铁路，以收归国有的名义，将铁路利权出卖给外国人。由于铁路借款合同的签订和湖广铁路借款债券的发行，直接侵犯了原有商办铁路全体股民的权益，发生了大规模的保卫路权运动，进而导致辛亥革命的爆发。

湖广铁路借款债券

## 破约保路

　　1911年6月17日四川成都各团体在铁路公司集会，到会者一千多人，讨论清政府与四国银行团签订的《湖广铁路借款合同》及与国家铁路存亡的关系，并强烈反对清政府将川汉铁路强行收归"国有"以及将筑路权出卖给英、法、德、美四国银行团的丧权辱国的行径，一时声讨声震天。在会上，川路股东决定成立四川保路同志会，选举蒲殿俊和罗纶为正副会长。以"破约保路"为根本宗旨，各州县纷纷成立保路同志分会，由此四川保路运动进入了一个新的阶段。

川路风潮漫画

革命军在江岸车站

革命军占领江岸车站

四川保路同志会报告

# 披露真相的 "水电报"

　　镇压 "保路运动" 的 "成都血案" 发生后，四川同盟会成员想将被封锁的血案真相迅速告之天下、鼓动各州县群起抵抗，他们将言简意赅的文字写在竹片上，上面写着 "赵尔丰先捕蒲罗，后剿四川，各地同志军速起自救自保"，然后涂上桐油投入江中，顺流而下。沿江的群众在很短的时间里拾到这些竹片（称之为 "水电报"），得悉成都血案的真相后，迅速组成 "保路同志军" 云集成都城下，与守城清军激战，之后转化为全省范围的武装起义，成为 "辛亥革命" 的导火线。

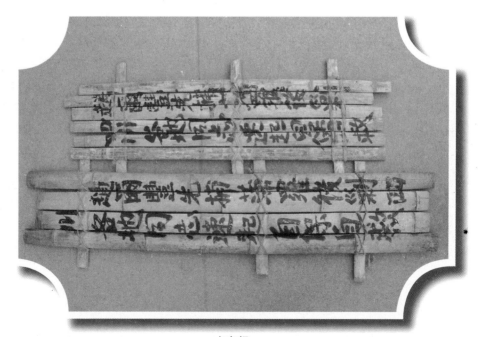

水电报

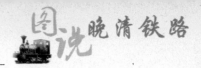

## 辛亥秋保路死事纪念碑

　　1913年川路总公司为纪念1910年四川保路同志会组织的，反对清政府出卖川汉铁路筑路权斗争中死难的烈士修建的纪念碑。聘请王楠为总监工，负责图纸设计和施工。该纪念碑通高31.85米，由台基、碑座、碑身、宝顶四部分组成。碑台仿照铁路月台修建，呈圆柱形；碑座四面刻有机车、路轨、信号灯、转辙器和自动联接器等浮雕图案，象征着川汉铁路；碑身呈方锥形，四面均嵌有长条青石，镌刻楷、草、行、隶4种书体手书"辛亥秋保路死事纪念碑"10个字，每字高约1米见方，为清末民初四川书法家张夔阶、颜凯、吴伯揭、赵熙等人所书。孙中山先生在高度评价四川人民在辛亥革命中的历史功绩时曾指出："若没有四川保路同志会的起义，武昌革命或者要迟一年半载的。"

# 晚清铁路大事年表

**1863年**

7月　侨居上海的外商（以英商为主）请求江苏巡抚李鸿章修筑上海至苏州铁路被拒绝。

**1864年**

英国爵士麦克唐纳·史蒂芬森来华向清政府提出在华修建若干条铁路的计划建议。

**1865年**

7月　英商在北京宣武门外铺设约一里长铁路试行小火车,后被步军统领衙门饬令拆除。

**1872年**

8月　天津的英国商人在紫竹林租界"新置土路火车，试演数次，甚为合用"。

**1874年**

7月　英国商人在伦敦登记成立"吴淞铁路有限公司"。

12月　吴淞铁路（上海—吴淞口）开始修筑路基工程。

**1876年**

1月　吴淞铁路开始铺轨。

10月　中英签订《收买吴淞铁路条款》。

本年　吴淞铁路建成通车并运营。

**1877年**

1月　清政府批准福建巡抚丁日昌的关于修建台湾铁路的奏请。

10月　吴淞铁路被清政府购回后关闭并拆除。

**1879年**

轮船招商局筹建的开平矿务局请求自行出资修建唐山煤矿至北塘海口的运煤铁路。

**1880年**

12月　前直隶提督刘铭传向清政府上奏《筹造铁路折》，建议"急造铁路"。

12月　直隶总督李鸿章向清政府上奏《妥筹铁路事宜折》。

## 1881年

5月　唐胥铁路（唐山—胥各庄）铁路开工建设。

11月　唐胥铁路建成通车。

本年　开平矿务局在胥各庄设立修车厂。

## 1885年

6月　清政府与法国签订《越南条约》，此后法国屡向清政府强索在华修筑铁路权。

10月　清政府设立总理海军事务衙门，次年铁路事务归属该衙门管理。

## 1886年

8月　官督商办的开平铁路公司成立。

## 1887年

3月　清政府批准唐胥铁路分别向天津和山海关方向延伸修建。

4月　首任台湾巡抚刘铭传奏请在台湾兴办官督商办铁路。

6月　台北至基隆段铁路开工修建。

4月　开平铁路公司公布招股章程。开平铁路公司更名为中国铁路公司（也称津沽铁路公司）。

## 1888年

10月　直隶总督李鸿章率员查验竣工后的唐津铁路（唐山—天津）。

11月　清政府批准修建津通铁路（天津—通州）。

12月　上海《申报》刊登津通铁路招股广告，后因清廷下令"缓修候议"，招股未成。

## 1889年

4月　两广总督张之洞奏请缓修津通铁路，改筑卢汉铁路（卢沟桥—汉口）获准。

8月　清政府派湖广总督张之洞与直隶总督李鸿章，会同海军事务衙门筹建卢汉铁路。

12月　清政府批准海军衙门奏请，同意不借洋债，并拨款修建卢汉铁路。

## 1890年

唐津铁路延伸修建至古冶林西煤矿区，时称冶津铁路。

## 1891年

3月　清政府批准总理各国事务衙门兴办东三省铁路（即关东铁路）的奏请。

4月　清政府决定缓建卢汉铁路，先修关东铁路。

6月　为筹建关东铁路，李鸿章奏准在山海关设立北洋官铁路局，该路成为中国官办的第一条铁路。

## 1892年
5月　中国第一座铁路特大桥—滦河铁路桥开工建设。

本年中国加入万国铁路公会。

## 1893年
5月　北洋官铁路局从古冶林西镇修建的关东铁路延伸修建至滦州后，再向山海关延伸修建。

12月　台湾第一条铁路基隆至新竹铁路建成。

## 1894年
2月　滦河铁路大桥竣工。

2月　北洋官铁路局决定，将山海关铁工厂扩建为山海关造桥厂。

6月　大冶铁路（铁山铺—石灰窑）及其支线建成通车。

8月　因甲午战争爆发，正在修建的关东铁路停工。

## 1895年
3月　清政府撤销海军事务衙门。铁路事务划归总理各国事务衙门掌管。

7月　清政府颁布"力行实政"，"图自强而弭隐患"的政策。列举实政中将"修铁路"置于首位。

12月　清政府决定修建津卢铁路（天津—卢沟桥），并在天津设立津卢铁路总局。

12月　中国铁路公司与北洋官铁路局合并为津榆铁路总局。

## 1896年
1月　清政府批准盛宣怀开设南洋公学堂的奏请，这是交通大学形成的开始。

6月　清政府与法国公司签订合同期为36年的《龙州至镇南关铁路合同》，允许法方承建并经营该铁路。

9月　清政府与华俄道胜银行签订合同期为80年的《建造经理东省铁路合同》。

11月　津榆铁路总局筹设的山海关铁路官学堂成立。

11月　张之洞向清政府奏准汉阳铁厂由官办改为官督商办，卢汉铁路所用钢轨由该厂制造。

## 1897年
1月　中国铁路总公司在上海成立。

3月　东省铁路公司正式成立，总公司设在俄国圣彼得堡，分公司设在北京。

4月　津榆铁路总工程师金达主持兴办卢汉铁路，随之卢沟桥至保定段开工。

6月　津卢铁路天津至马家堡全线通车。

6月　津卢铁路总局与津榆铁路总局合并为关内外铁路总局。

8月　东省铁路（东清铁路）在中俄边境大小绥芬河合流处的三岔口举行开工典礼。

## 1898年

8月　清政府设立矿务铁路总局，这是中国首次设立的专门管理全国铁路和矿山事务的中央行政机构。

8月　淞沪铁路（上海—吴淞炮台湾）竣工通车。

10月　中英两国在北京签订《关内外铁路借款合同》。

11月　矿务铁路总局会同总理衙门奏定《矿务铁路公共章程》，这项章程是中国关于矿务和铁路的第一次行政立法。

## 1899年

4月　东三省铁路俄文学堂在北京成立。

5月　津镇铁路督办同英国中英银公司、德国德华银行在北京签订《津镇铁路借款草合同》。

11月　清政府与法国签订《广州湾租借条约》。允许法国自广州湾地方赤坎至安铺修建铁路，中国代购所用地段。

本年　东省铁路机车制造所在大连兴建。

## 1900年

3月　山东巡抚袁世凯与德国山东铁路公司签订《中德胶济铁路章程》，严重破坏了中国的司法权。

7月　中国驻美公使伍廷芳代表督办大臣盛宣怀在华盛顿与美国合兴公司签订《粤汉铁路借款续约》。

10月　德国创设的山东铁路公司在青岛四方建立胶济铁路四方机车厂。

12月　攻占北京的八国联军，擅自将卢汉铁路从卢沟桥延伸修建至北京前门，将津卢铁路从马家堡延伸修建至永定门。

## 1901年

7月　清政府总理各国事物衙门改为外务部，撤销矿务铁路总局，铁路事务划归外务部考工司管理。

11月　英国驻华公使照会清政府外务部，重新提出关于滇缅铁路修建的问题，外务部复照称，滇省铁路中国自建，待修到滇缅交界处，即照约相接。

## 1902年

1月　清政府重新设立矿务铁路总局并派袁世凯、胡燏棻办理收回关内外铁路的交涉事宜。

4月　中英签订《交还关内外铁路章程》、《关内外铁路交还以后章程》和《山海关至北京铁路上军事运输章程》后，引起俄、法、比三国与英国的对华铁路权的争夺。

9月　中俄签订《交还关外铁路条约》。

10月　中国铁路总公司督办大臣盛宣怀与华俄道胜银行签订《正太铁路借款合同》。

11月　新易铁路（高碑店—梁各庄）开工建设。

## 1903年

7月　中国铁路总公司与英国中英银公司正式签订《沪宁铁路借款合同》，借款总额为290万英镑。

7月　四川总督锡良上奏请求"自设川汉铁路公司，以辟利源而保主权"清政府原则同意自办。

7月14日　《中俄铁路联运货物运价章程》开始实施，哈尔滨至海参崴开行直达旅客列车。

8月　萍醴铁路（萍乡—醴陵）建成通车。

9月　清政府设立商部。同时，撤销矿务铁路总局，将路矿事务划归商部通艺司管理。

10月　由美国合兴公司贷款修建的广三铁路（石围塘—佛山—三水）建成。

10月　中法签订《滇越铁路章程》。

11月　督办铁路大臣盛宣怀与比利时铁路电车公司签订《汴洛铁路借款合同》及《行车合同》。

12月　商部颁布《铁路简明章程》，推动了中国商办铁路的兴起。

## 1904年

1月　四川总督锡良依商部颁布的《铁路简明章程》，在成都集股设立川汉铁路公司。

3月　中国第一条商办铁路—潮汕铁路（潮州—汕头）开工兴建。

7月　胶济铁路(青岛—济南)干线竣工。

8月　日本临时铁道大队未经清政府同意，擅自非法修建安奉军用轻便铁路。

## 1905年

5月　清政府决定修建京张铁路（北京—张家口）。

5月　关内外铁路总局在唐山恢复设立山海关铁路官学堂。

7月　督办铁路大臣盛宣怀与英商福公司在北京签订《道清铁路借款

合同》。

7月　云南绅商向清政府奏准成立"滇蜀铁路公司"，自办铁路。

8月　中美双方签订《收回粤汉铁路美国合兴公司售让合同》，是二十世纪初在中国开展的"收回利权"运动的开端。

11月　卢汉铁路黄河大桥竣工。

## 1906年

2月　商部奏准确定全国铁路轨距一律以4英尺8英寸半（1435毫米）为标准。

4月　卢汉铁路（北京前门—汉口玉带门）全线开通并改称京汉铁路。

4月　广东商办粤汉铁路有限公司成立。

5月　商部呈递《请统筹全局路线折》，建议对全国铁路的线路作出通盘规划。

11月　商办潮汕铁路（潮州—汕头）建成通车。

11月　清政府设立邮传部专管铁路、航运、邮政、电报四政，这是中国首次设立的专管交通邮电的中央机构。

## 1907年

3月　四川总督锡良奏报，川汉铁路公司遵照清《商律》由官办改为商办，制定《川汉铁路公司续订章程》。

3月　日本将南满洲铁道株式会社本部社址从日本东京迁到中国大连。

3月　清政府与英国中英银公司签订《广九铁路借款合同》。

5月　利用英国的长期贷款，日本开始对南满铁路进行包括改为准轨轨距等多项技术改造。

6月　邮传部奏准将新奉铁路并入关内外铁路，改称京奉铁路（北京—奉天），在天津设立京奉铁路局。

9月　清政府批准成立商办河南全省铁路公司，1910年改名为洛潼铁路公司。

10月　正太铁路（正定—太原）建成通车。

11月　清政府与德国山东铁路公司签订《山东路电交接办法合同》。

12月　邮传部奏请设立交通银行，官商合办，专门经理铁路、邮政、电报、航运等事业的款项收付业务，以收回利权。同月，邮传部撤销提调处，改设铁路总局。

## 1908年

1月　清政府与德国德华银行及英国华中铁路有限公司签订《津浦铁路借款合同》。

1月　津浦铁路总公所在北京成立。

4月　沪宁铁路（上海—南京）建成通车。

4月　基隆至高雄铁路建成通车。

10月　邮传部应四川总督的电请，派詹天佑为川汉铁路总工程师。

12月　清政府批准成立陕西铁路公司，后改称西潼铁路公司，由官办改为商办。

## 1909年

1月　清政府向俄国政府提出收回东省铁路的要求，被俄国拒绝。

3月　中日签订《京奉与南满铁路接联营业合同》。

5月　清政府在俄国的压力下签订了《东省铁路公司公议会大纲》。

9月　邮传部铁路管理传习所成立，这是中国第一所培养铁路高级管理人员的学校。

9月　沪杭甬铁路（上海—杭州—宁波）上海至杭州段（上海南—杭州闸口）建成通车。

10月　京张铁路在南口隆重举行通车典礼。

12月　川汉铁路在湖北宜昌举行开工典礼。

## 1910年

1月　汴洛铁路（开封—洛阳）建成通车。

3月　邮传部铁路管理传习所改为交通传习所，并增设邮电科。

4月　张绥铁路（张家口—绥远）开工建设。

5月　英、法、德、美四国银团代表在巴黎开会，就四国向清政府均分湖广铁路借款问题签订新协议。

9月　《津浦铁路续借款合同》鉴订。

## 1911年

1月　邮传部撤销铁路总局，由路政司长兼任全国铁路督办。

5月　清政府宣布"干路均归国有，定为政策"，各省分设公司集股商办的干路，由国家收回。

5月　邮传部尚书盛宣怀与英、法、德、美四国银团签订《湖广铁路借款合同》。

6月　商办四川省川汉铁路总公司在成都召开第七次股东大会，反对清政府铁路干线国有政策，会上决定成立四川保路同志会。

6月　重庆保路同志会成立，四川省各州、县随后纷纷成立保路同志协会。

10月　武昌起义爆发。四川保路运动是其导火线。

11月　张绥铁路（张家口—绥远）张家口至阳高段建成通车。

# 后 记

　　本书是作者在收集了大量的照片资料和查阅了诸多的铁路史籍和其他相关文献、资料的基础上，选取新的角度立意，采用通俗生动的语言文字编著的图册，增加了该书的知识普及性、视觉新颖性和阅读趣味性，并形成自己独特的理解，向读者展现清末时期中国铁路的特点和状况。

　　本书在书稿形成和文字整理过程中，得到了相关部门的领导和同仁的大力支持，特别是金万智、韩靖、付建中等人在本书编撰过程中给予了特别的帮助，在此一并表示衷心感谢！限于作者的水平和学识，书中的疏漏之处在所难免，希望得到读者的批评指正，我们将不胜感激。

2011年9月